遷居啟事
趙文豪 著

目錄

遷居啟事

只要你很好很好，就好了

我想，我們都只是很努力地過著日子
培養習慣：例如拉大步伐、拉開嗓門、拉開
與過去的自己多些的距離。

或許我們過得沒那麼好
有太多的玩笑讓人無法負荷
總是掛著痛點的偽笑
在下班以後到彩虹堤防邊
不快不慢地奔跑，

而時間隱隱然有一種默契
不會讓我們那麼容易追上

即便有時候會感到衝動想哭
那就跑到頂樓，自言自語，一個人跳舞
舉起食指，在兩側眼角連一條直線
等一枚陽光朗照
把所有的時間掛上曬乾

我們都只是努力地長大，
努力地過著日子
或許終究沒有人懂

也不需要有人懂
只要，當人問起時
我們都很好，
就好了。
就好了

歲月靜好

我有時住在樹上
經常聽著青春交頭接耳
隨著風搖蕩，期待傍晚的來臨，於是培養
睡眠，讓夢長成一封長長的信
從嘴裡蹦出的音符
跳過一扇門
穿過每一畝枯枝敗葉的今天
那是讓人感到安心的憂傷
只為等待盛世光年的風景；

我的憂傷從未好過，
有時穿越瞳孔的一束光
是一道隱微的傷口
從眼角疼起，每眨一下眼
田田的天都像停格的夢
在夢裡，大同小異

我有時住在海邊
總是期待傍晚的來臨
安心走好每一步路
讓沙灘上的印子記得走過的路；
看著船進船出，人進人出，於是培養

遠方，讓等待長成像未完的夢
或許醒過就沒留下任何的痕跡；
我的憂傷從未好過，
但沒有人應該留下任何的疼
因為在夢裡，沒有明天

陪我散散步

長夜將盡，你是否曾經
看過剛換季的清晨，
光線穿透每一瓣塵埃，輕輕飄落——
像剛被撕去的日曆
靜靜躺在太早的街上

長夜將盡，你是否曾經
等待一個剛換季的清晨
在日曆上慎重做好記號

儘管萬物仍然是秩序地運轉
起床刷牙洗臉，給植物澆水
打開每一則未讀的訊息，
而樓下的市場依然熱鬧叫賣
為了生活而持續讓忙碌生活

太早的街道像緩緩聚集的夢
突如其來，但輕盈如舞
只是經過，在清晨的城市裡行走

所有的悲傷或許只是恐懼於
難以想像即將逝去的風景

直到午後才來的太陽
像被遺落的鈕扣。
忘了是什麼時候掉落的

鱒魚先生

是否你也曾受過這樣的傷
在即將來到的清晨以前，
像是剛從波士尼亞回來的蟻
躺在充滿瘡孔的床上，然後
緩緩伸出所有的觸鬚
是夢，黏著在一棟棟多彩的屋舍
那天橫跨了內雷特瓦河
看著幾個年輕人
帶著夢，從高台上展現青春的胴體

高高跳起
我看見那樣的傷，在清晨明耀的陽光底下
像是一枚枚濺出水花的銅板

蹦地一聲又一聲，他們化身成鱒魚
在桎梏上跳動
成為輕靈的樂符
等待黑夜，最擅長的幽默
狙擊偽笑的痛點

如果我的夢夠長

如果我的夢夠長
足夠時間，陪您走到家裡的廚房，看著您
牢記冰箱裡擺放每道菜的位置；
牢記每個親人的口味與胃口
老了，日子淡一點；
重了，計較輕一點。

最脆弱的不是等待您醒來的難熬
最脆弱的不是您變了模樣

儘管我們的心，
總是告訴我無數次可以哭過的理由，
卻總是想起

在與之所至的日常
來到您家裡，吃著燒餅
聽您說著芝麻小事，拿著裝滿溫熱豆漿的碗接著
接著，如果我們的夢夠長
夠長

一首讀詩的方法

——致 祖母

鑰匙在生鏽的時間上，勉強發獃
鄉愁在唸著一首詩的路上，小時候喜歡寫詩
後來信件舉家南遷——眨眼
滿階大雪。
瘦長的燈管撐住耳朵撐住睡意撐住這個快要躺下的天空
臥室的夢怕黑，
愈來愈多的老時光聚集喉結
但唸詩是困難的，眼睛是海

幾封家書就夠她海角天涯，惜字如
長滿白楊的一部經，哄著外婆輕聲入睡
天堂被妳壓在脖根下，把夢睡得像座山

突然逗點，
敲起滿城春雷
打呼天，愛還來不及成年
「今年春天來得特早，明天說好一同爬山喲！」
昨天在市場牽我的小手，像俠女，
哪怕八十六關，一邊大力殺價、一邊炫耀妳的可愛金孫
妳買完菜回家，如往常熟練。插入鑰匙

轉動門把，扭出飽滿的圓音
「阿嬤，讀冊回家阮想飲蛤蜊湯。」
醒後遠方，隔岸故鄉。
只是後來記憶經常迷路，像糊塗的俠女
撕去日子顯得這世界的夢想越來越薄
「這個世界天使太少」，妳說

我在落葉揚起的歡笑聲裡學著哭
當少年轉身離開，才發現自己曾經擁有少年
清掃是簡單的，只是隨手把門關上

我的房間有時是海

我的房間有時是海，每天都在想像逃離的
景況在我的房間。我，在椅子上漂來盪去
盯著發光的螢幕，裡頭有一座海：漆成銀白色的
我的鬍子偷偷長了、白了、打結了……在潮濕的樓梯間失眠
在牆角、桌上、埋在抽屜的禮物盒裡——掛鐘、手錶，
和縮瑟角落的小花貓
都有不斷轉動的眼球。但從來沒有人曾告訴我：等待
應該維持著什麼樣的姿勢？保持一貫的微笑？儘管我
始終記得，我的，眼睛，我，乾涸的口音

儘管有時想到一些沒有關係的時代廣場、巴黎鐵塔和我們奔跑在中正紀念堂，
那裡曾經住著超級英雄？
（送貨員按了門鈴：我游不出去。從沒有人領取那個待領的情書）

我的房間裡面的情人，她的厚瀏海，是一張張的摺紙
我們的眼睛都盯著床沿盛開的蓮花，但是有天，我的
咖啡抖落地上，積成小水窪
我的房間從此全摔落進去。

日子就像壞掉的罐頭

有時日子就像壞掉的罐頭奇臭難耐，令人不想再與世界多作交談，直到我做了

一瓶新的罐頭以前。

看著流理台上，把富士蘋果、西洋梨、愛文芒果用西瓜刀切得方方正正，一個個黃澄澄、白閃閃、亮晶晶，言端體正，四通八達、八面玲瓏。

想起一整天沒錢吃飯，肚子裡像有搖鈴般地提醒我送餐去。想用著指尖摸著我的大肚腩，劃了一圈又一圈，突然感到有些濕潤……低頭一看，我的手指全化為鋒利的刀片，我劃破自己的肚皮，鮮血直流，低頭看去，肚裡還有一顆停止轉動的地球儀。

不停告訴自己，我還活著，世界還在等我撲通撲通的：轉動，罐頭

沉默是海匯流成像我這樣焦躁過動的鬼

彷彿每趟歸程都必須有雨，我走到列車最後一節
的車廂。六、七個吧，有各種年紀性別和各種
各種髮量的人像窗口的光，殘裂卻個別被安插在
每一排的座位

滴在車頂的雨，像沉睡了的舌頭，搜刮應該擁有
的聲音。而我是白色的，好輕，正在覬覦另一雙
應該被看見的美腿

車廂裡好沉默，我想只都有點累了。窗邊的中年男子：髮禿、圓肚，笑開還可以見到一口斷續而參差的黑牙；他將吃剩的蘋果核和蒼蠅頭，丟入紅白塑膠袋。丟在應該是妙齡女子（因為她右臉纏滿紗布戴著口罩但有一雙美腿）的身旁空位，蹣跚的腳步鑽入女子的隧道

火車鑽入了隧道——

就怕分心看不完的小說。回家的旅途，我把耳朵割下送給隔壁小男孩。摘下兩朵小黃花，盛滿所有尿液被花費完了，男人走回來了……也拿回

袋子，繼續啃食他的食物男孩伸出他稚嫩的兩指
把太偷偷的愛意，挖進自己眼窩捏住眼球，彈出

隧道

喔喔！我說的這場未竟的
雨啦。我想「生命太短，還是必須即時遺憾」
「終點站到了。」彷彿說好似的，身旁的乘客
醜的美的高的矮的掛了的
通通站了起來。手

牽手。下車去。只有我還在位置上

只有我還在位置上等

永遠不會到的那一站

有語，我聽不見

你相信，這城市是由細雪零件所組成的嗎

這城市是用夢的零件所構成的。

在海邊，你撿著貝殼
你放下頭髮
你，在夢裡，
像一場極短的雪。

撿起一個一
像淚，我想深深珍惜

儘管那是一首寂寞到沒人懂的詩

背著雨；熱鬧喧囂的夜晚
孩子今晚不跳舞的
星期五，我想留在這裡
如此明亮，卻如此溫暖
有雪
像一場終於返家的預感

這城市是由細雪零件所組成的
當夢，油然升起而時

有鹿，神過

指認

——可變的鑰匙，還有吹堆成積的雪中

時間的虎口裡：有鬼

把雪，燒得像竊竊私雨

有鹿，神過

・之一

我只是城市裡的一粒塵埃
穿透光，穿透微世的一束光
在清晨甦醒，等著被刷入風景
不需要任何姓字，
跟著人痛，跟著人哭
跟著人不必在意時間般地
用力地跳舞

我願意跳得像片草原
在行走間，朗誦一首像海的句子
那裡有故鄉的味道，
我依然懷念。但我只是
穿透葉尖穿透薄霧穿透瞳孔
穿透忍不住被叫出名字的
塵埃，永遠溫暖
鵝黃色的照映著
微世的一束
不置可否的陽光

‧之二

放一張地圖在背包裡，適合流浪
放一枚名片在錢包裡，適合投幣
放一片信用在口袋裡。

結束流浪的遊戲，
把時間放好、放滿，放慢
每天搶床的陽光
搶著許願，許好不會實現的願
台北是不會下雪
橋也不會幾天就能好好拆
地圖不會長腳
名片不會長大

如果我的背包裡只剩信用
卡到了海關出境。

能否用我國時間匯兌他國的時間
用我的笑容換他的笑容
用他心裡的痛換在我的身上
麥克風化成麥克筆
把滿臉塵埃畫成滿夜星空
旁觀的檸檬酸變成蜂蜜甜

倒顛這個世界彩色
顛倒這個事件黑白

可是，

灰色呢

．之三

鹿啊，可以陪我聊一下天嗎
我的傷疤上長成美麗的花蕊
偶爾經過，彎腰俯拾
上面還有根尖銳的刺
越走越是痛疼
我只好蜷曲在床鋪的深處
蓋上睡意，閉上眼睛

靠近鹿肚的那層柔軟
我曾跟著鹿步，跳過一個又一個的夢
我的小鹿，躲在小角落
躺在床鋪的深處；
收到冬天捎來的小音訊
已經春天了。
「今天晚上還是很冷，要多穿點。」

這世界還是需要更多的溫暖，
讓我再念一次從冬日那頭捎來的音訊
我再看一眼花的嬌艷
以及床上遺漏的那根

被鹿銜走的秒針
睡意終究是沒有夢的意圖

鹿啊，可以陪我聊一下天嗎

·之四

你是否試著用眼睛說話
當你累的時候，或者
不知道該怎麼說的時候

可能有時候沒來由的
想哭到無法自己

多希望對面就是暖陽
擁抱一個夏

或者，可能沒來由的寂寞
有時很流行的被譯作思念
用指間打開一個人的印象
走到應該來到的座位前
試著用會笑的眼睛說話
一彎就是宇宙
轉眼就有流星
劃過一個夏夜
當你累的時候，或者

不知怎麼說出口的時候

在草原躺下，抬頭靜數滿天星辰

找個適合說話的季節

・之五

鹿的優雅，讓我足夠勇氣去面對

鹿的壞脾氣，適合深夜裡生火拾讀。

試著敲門，發出一些聲響提醒

例如噴嚏聲、咳嗽聲、辯論聲，而我

一直在那裏。

在那裏還有，

一整個像海那樣深的夜晚，美得像假的那樣
哪怕沒有天分
就怕再也見不到，
好處是也不用說再見
我們看著一張面無表情的紙
學著優雅，學著勇氣，學著
學著練習敲門
提醒對方，自己一直在那裏。
格格大笑的鹿，大力拍起我的肩膀
就想按下碼表暫停那樣。哈哈
時間卻是不再回頭了

· 之六

欸欸你可有聽過一個都市傳說
在驚蟄以後，連眠的春雨會引來
一隻沉睡的鹿，蜷曲在騎樓底下
那盞溫暖的鵝黃燈光；
鹿啊，今晚你可以把鹿步跳得像草原
春寒著料峭。

欸欸親愛的朋友
如果你有看到那隻沉睡的鹿
請不要驚動打擾。
如果你想搜索到這條鹿的蹤跡

不如早點回家洗洗睡，
因為當你放棄的時候
鹿會在你的背後
回眸

一神

·之七

找一個適合發呆的夜晚，枕著鹿
我們躺在同一張床鋪上。
在日子吹積成堆的被摺處
好像一首掛在嘴邊的旋律

不小心被我們唱老

小鹿緩緩起身，轉頭告訴我：
「沒有牠追不上的時光。」
牠的腳步交織成一張方格子的網
小鹿越追……越小。

找一個適合聽聽的夜晚，抱著小鹿
枕著我，我們躺在山坡上
一首老掛在嘴邊的旋律
輕輕在草原上哼過，羅布星辰
努力填滿日子，日子越追越小

・之八

我想在肩上扛起一座山，裡頭有
桃花源的鳥鄉花語與川川流水。
嘿朋友，你在岸邊隨意擺手
便有小船停下。等你登上以後
請仔細聆聽
屬於我們肩上的鳥語花香
陽光依然耀眼，月光依然
明亮、時光，映的臉龐
皎潔如冰。左右兩肩
鳥鄉花香，你我之間
最後的風景都將成為最初發明的

一句語言

·之九

那一天，我放下筆
再也不輕易寫下一個字
我拿起背包，到各處去旅行
到城市裡，燈火通明
在我身邊黑夜歸來
暗自將自己的雙眼弄熄
我踩進田間，聽見鬱鬱菁菁的風兒輕唱
在我耳邊春暖花開
將風景摺疊一個適合被寫出的季節

我在這裡把自己放下
再也不輕易寫下一個名字
我組裝身體的零件組裝都市的零件組裝田野的零件
書散落在地上，張嘴大笑
最後把我吞下，留下最後一根肋骨
用來支撐下巴，
不至於讓最後一張臉
散落一地

・之十

那晚的星空一片燦爛
路的盡頭是一身缺憾

在熱氣襲來的大海之上
想起曾經不斷後悔的決定
用時間造鎮，
用善於旅行的咖啡豆交換
善於一枚明信片的旅行。

接著，
把自己擺成一個大字型
放進浪濤，在那
之前
徐徐把眼睛閉上，
做一個飛翔的姿態

自以為的拋離。

看著幾顆夜空的星閃爍
再也等不到亮了

那晚的盡頭一身燦爛，
各種盡頭，各種星空
以及，一身爛漫

・之十一

坐在列車上，沉睡的頭晃來盪去
十年前的我走回來

一腳深一腳淺拉離睡意
離開時間的海。
岸邊的旅人旅人
面朝大海，春暖花開的各種方言
跟著笑聲就走了
一腳深一腳淺，把最後一句再見也拉走

空空的車廂走了
旅人旅人，大雨紛飛

·之十二

舉例來說，睡不著的說說，

房間有海。
烤著一個又一個的字
應該是理所當然的風光明媚

說不停的聽聽，我開始困惑了。
自言自語的跨年夜
理所當然的熱鬧喧囂
那時妳拉著我踩上沙灘跳舞
妳記不得也無所謂。
總之就是沒去過的早餐店
從未一起上過的課與一起走的來時路，
還有歸去時共披的那一片夜色

睡不著的說說，
說不停的聽聽，
來不及回頭的風光明媚

・之十三

努力為自己的墓
添些明媚春光，
一道又一道的閃電襲來
像一封又一封
準備遺棄一些什麼的信
如果可行，我會給你那個地址，
提醒你先別再靠近。

如果可以，想麻煩你
帶點種子，
讓貧瘠的土地以後不要那麼孤寂
像一封又一封飢腸轆轆的足音
明天睡醒，
陽光依舊會升起

‧之十四

空了的房間，還有幾張黑白相片擺在桌上
兩杯還有一半的水微微顫抖，
我用掌心輕輕撐起桌子，默契的安靜。
我們像島與島，等待遠來的腳步聲，

兩杯還有一點的水
微微晃動時間，
一首熟悉的歌陪著我指認相片裡的人。

隔著兩張桌子，我們像島與島
等待遠來的腳步聲。

沒有人懂，也不需要懂
如果遠行的人，你經過，
只需要慢慢的經過，看到我，
也請假裝不認識我
就像我背鰭上的光總是匆匆流過那樣

失去我們不斷我們失去

也曾想過在妳的背上
像薔薇的刺，像一個突發的念頭
像片燃燒殆盡的海，或者向妳
笑著哭。

兩手空空的，乾脆練習寫字
寫好一個我們失去的老

終於一敗塗地的成功

我的成功終究一敗塗地
最後一次留下咳嗽聲的
你的，我的，門都還在
即使誰們都不在，所有的
距離薄脆如紙
想笑就笑出聲來，
在準備擦撞的轉角。

我們的耳語偽裝成流水聲

「在狂風驟雨中，請讓我為妳撐傘，看你
筆直的背影蔓延成一條彎曲的
道路。我小心翼翼把手機捧
在嘴邊，用指尖
錄下借來的口頭禪：
我愛的妳說的
『距離很近，時間好遠。』」

終於成功一敗塗地
實現那一次沉默到底的透明盡頭了，沒有

流連。之後

把天空抖一抖
這座城市還是沒有找到雨季
去看海的日子
他們終年撐傘
為了不讓人留下適合輕輕
落下的位置
拿起指甲剪，修葺
這座太過修長的城市。
剪去一個一，肉上的夢已經空了。

假裝人生再長一點
替零碎的雪絮留下適合輕輕
落下的位置

預言系列

有時候，我的臉就只剩下皮

——記　與文友L太陽花論辯後

嘿你是否還記得
畢業典禮之後我們在教室裡的十日談
你說夢是一場浪漫的瘟疫
戴著夕陽的面具，一張開鮮紅大口
就會吞下
那條饒口還一邊大舌頭的曲折街道

之後，我的臉就只剩下皮
像一張充滿途徑的地圖
有粼粼波光的彼岸
林林總總的人，
可以認同，可以反對
可以為了認同反對，可以為了反對認同
慢慢，我們有了掙扎，有了皺紋，
也有了對是是非非的詰問

嘿你是否忘記了
畢業典禮那天，大家都到操場看璀璨的花火
我們獨自留在教室

在一團黑暗的淹沒之中，拿起手電
以微薄的光，用力捍衛彼此意見的單純

頁十七

——記　馬習會前夕

再一著棋，塵埃都將落盡
把最情詩的都摺疊起來
滿地花雪默默寫下，

用盡一生努力窮困
無田無相，無以名狀
車是打錯方向；
只剩下無路可走的

再也沒有其他的棋了

隔著楚河、漢界
遙遙等待，等著對方走到
被將軍的那一天

滿地花雪都將落盡，
對坐與旁觀的人終將離開
最後收錄在棋譜的頁十七

你的遷居建議

——記 2016 總統大選之後

我想跟你研究臥室擺放家具的位置
趁著今年奧運開始前條列：
雙人床長一點，擺在窗邊
希望在一起的日子貪心地多一點
順便笑談窗外花事
書桌大一點，手滑的稿子
怎麼飛，也能留在桌上
日子也是，怎麼手滑，還是在桌上

喔對了，我們有時候會不小心駝背
像個補敘對方人生的大括號
不過最好還是不要，
正文比較好。

回到我們的枕頭，
我覺得高一點可以接近動物天堂多一些
可是你習慣低一點也好，
好我就照辦吧
有許多聲稱是業務的人
敲敲門

希望給予許多不錯的建議
他們都說：
打理一間舒服的臥室
就像打理自己的人生
我說，我要先睡了

明天的事明天再說

明天下午我一樣會在窗口遠望那座落的工地

——記 計程車司機談他家的都更

幾個星期以前，我剛從刺鼻的初戀睡醒
比一個睡季更漫長。我靠著窗戶邊的欄杆：

我家前面巷子的路不算寬廣
怪手沿路踏濺的黃土，就像下課鐘聲響起
學校裡的孩子，滿路都是，溜著滑梯
在時間所削去泰半的金字塔底座

一顆核製砲彈打向我們的生活。拿著餐券
孩子在桌上擺著剛領好的營養午餐，一天又一天
算數就是一加一那樣單純
他告訴我，生活也是——
家裡一個又一個人的增加
又一個又一個的送走；他長大了
也讓我想起爸爸曾經把我背高高，把我未來的模樣指給我看
就是一加一加一，例如「萬丈高樓平地起」
一天又一天，孩子拉著孩子繼續玩著跳房子
時間無聲傾圮，路看著自己不斷分叉而血脈噴張的頭髮
在方塊的空地，爆著米花般地看著數字

著火，著火的胸膛是明天來不及開的花朵
門票售罄，在我們前面其實可以再開條路。

我在日曆寫滿自己的名字，讓孩子回家練習
在聯絡簿上不斷練習，也在還沒來到的季節先作簽到

一天又一天，每天追著月光
灰暗的襯衫，灰頭土臉，灰色的枕頭上
揮不乾的汗。在工地裡仰望天空
那裡有個不斷在走的大時鐘，人們趕著時間
鐘針如雨燦爛地下，像是高聳強韌的鋼骨插入地面

準備搭建一座最歡樂的樂園

轉角的便利商店，積滿這世界所有的光，那對

父子出來以後忙著，找著

那對父子

寫給　香港　的三首詩

之一

雨癌

左肩的島上，盲人一枚
想看畫展——被我家對面盛開的巷子吸進
橫七豎八地伸展，然後拐起奇怪的彎，繞來繞去，被交岔
又分裂成一雙練人，再貫穿右腳數過來第十二條腸子爬進那條剛剛
似曾相識的路，原地366度右轉。

據「她」在錄音帶裡的留言：

他，那位大叔，看不見的。選定那個不斷
滲出水的地方，是的，他以為那樣的沁涼，是因為走進畫廊，那天
空，是潮溼的？大叔以為冷氣壞了。所以舉起手裡的棍子揮，舞，成一面拍子
匯聚焦躁如我沉默的鬼般，回擊來往的，球吧？一邊也往上頭戳了無數的，洞
刺透的眼珠，一枚枚的戳下：黑的、藍的、還有
日系螢光放大粉色系；他們
是走失的，蓮蓬頭——

數以萬計的洞即將再次爬滿，發光的眼睛
一群學徒沿著聲音摔下了海。醫生蒐集撿到的
眼球：漆黑的月光、星藍色的淚痕、還有
還有跳不出的夢幻粉紅煙囪……

之二

胸膛用來是跳舞的海，或者

啊不就好棒棒

蜘蛛在那織出兩條並列的座位，直到有個男人扭開門把：像是

替它溫馨地削著水果，一邊口中念念有辭：ㄕㄚ——ㄕㄚ——

拖著過長的果皮，在屋裡來回踱步。他搜刮白皙的雙腿，慶祝

大叔跪在草莓蛋糕之前，上面插著一根流淚的鮮紅蠟燭；準備倒數時間

他那鐘面的針僅留下一條修長美麗又可口的時針，他氣壞了想把時間拔開

欸

欸

我
跟你說
其實，有時
一份適切的建議
倒不如乾脆的賭氣

之三

喜劇年代——記那一天，人民高舉銀白色的海，在聲音的鏈袋裡

大叔把自己畫在牆裡面，和當初他擺放的：他的太太

（許多住在隔壁的大學生，經常從圖書館裡偷翻出牆：來這洗澡

裸身面對生活——寫不過的生活。他們是被賊

掏空的。於是，連時間都捨不得眨一下眼）
他的太太依然被掛在浴室蓮蓬頭的夾層上，每當有人在洗澡
她看著；他，看著每一個人正面的，裸身
　戍守在那間客廳裡頭，那一枚，大叔，甩著胸膛跳舞：甜蜜地哄騙
　　那一天，她不小心又作對了事，丈夫把她推進刀子裡，後來
她在他的海上爬著，綁起他那血脈賁張的頭髮。好像盛開的巷子，分裂又交岔
　　　在十二指腸的位置，穿上了那位大叔：甜蜜的
　　　　初戀喲，爬進那條似曾相識的路

到了今天，換我戴著她的臉皮，著火的胸膛是
　跳舞的，海；
或是跳海的舞，明天、後天，大大後天
這種種的故事，是沒有人可以輕易滿足的。

許願的夢匯聚成空洞吞食的火實

在悶熱的地表下，豢養著一群類比人類數量的蟲
當其他生物作夢的時候，牠們會悄悄來到身邊
吐一層薄薄而透明的絲——輕輕包覆成繭，抽取夢境
當被察覺而驚醒，他們早已吸取
生存的養分。他們特愛的，是在情緒脹滿時
在每一寸肌膚冒出的第一滴汗珠
牠們總是拉長老臉，迫不及待地俠盜
但是我的是有瑕疵的
夢，總是如此。每當我發覺這些蟲出來活動的時候

躡手躡腳而一路追著這些蟲：從城市邊緣到橋邊
他們化身成濕滑的青苔，讓我華麗的摔下河
就此就變成擁有一雙尾巴的魚面人
日以繼夜地拍打
打回人形，再等著下班做個幽微的夢
將我送回故鄉

植有西瓜樹的小鎮上

西瓜今天背在樹上
鳥兒今天不下山
太陽今天背在圍籬上
妹妹今天背在娃娃上

妳的嫵媚妳的馬尾妳的虎牙妳的酒窩陷進
一個健忘的笑。我
昨天做了一個夢，醒著
作夢，西瓜不會長在樹上

在舌頭上，還長著一座小鎮
囚困著一頭工蟻
比任何的臉都還枯葉
落了一地，小鳥不再唱歌了
太陽很快就淹沒我的床了
我的妹妹啊，
被裝在院子的水桶裡
期待下次夏季

下午七點的辦公室

嘿今天的孩子有點憂鬱
這樣的夜晚應該適合大規模的雪吧
但您始終不了解，
總講些不合時宜的話
假裝健忘人家的告誡

憑一張嘴，輕輕一折
聽說午後的鬢角在66度以後：
折頁最美。應該挺適合大規模的雪吧。

但您始終不了解，
總講些不合時宜的話
嘿今天的孩子有點憂鬱，
我們在餐桌上面對面
算著面無表情的數學作業

為了明天的歌唱
練習健忘之前洗把臉
把我們五官都洗掉
但您始終不了解，
總講些不合時宜的話
把大規模的雪梗在胸口。

但我願意把陽光帶來，
只要您願意敞開

亞麻色

老在寫詩的第二句

老在寫詩的第二句，穿妳曾經穿過的雨
老是培養孤獨，等它生成一條長長的信
老郵差紛紛從雲端滑下來
——天空太輕，繁星太重
思念已經收到幾滴淚。
所謂我們，美得像眉邊的丘陵；
不上不下，但已走了一半的路
如果雨失眠，迷路在一道小徑
把光陰縫成幾束燦爛的口音

在季節出發以前，一個人
臥在搖椅上，盯著發光的螢幕：裡頭溢出
銀白色的海、一個人沿著一天又一天
我的鐘是一直在走，妳卻把我的指針藏進夢裡
把一生走成一座堤防

跟你說喔我整夜數語，小雨輕拍
輕拍窗台，別哭別哭
深夜走得太遠，三三兩兩
等到妳下次睡醒，我就把昨天摺好
以免告別時，我還弄皺妳的眉。

照理我應該和妳一起倒數等老，等著把我們的蛋糕掰成
一個一，笑成緊簇的好夢
（善於打呼的季節、集眾滋事的房間，窄短的床上還留下一封簡短的日子）
想像明天所謂富麗堂皇的遠足以前
天堂笑得客氣，謠言沒有得到最新的發明
想要留在發呆亭——寫詩，老在
寫詩的第二句

吹開的下午我等著等著睡著了。

依舊被風吹開的窗，
吹開的月光；
依舊等待幸福如光的清晨，
等待失去，等待你遲早說過的
失去你早說過的
詩句，喃喃幾句就剛剛好
讓滿盆大雨打散
幸福如光的那雙眼睛、
那次吹開的

取消，白日夢

難得擁有一個壯觀的下午，
豔陽當空，適合逃亡
逃亡到對街裡走到底的湖畔
那裡有難得排好的風景，難得
醒著的夢：他們像從浴缸到達床邊的石頭
用不規則形狀的身軀鋪成道路
沒戴上眼鏡的我，以腳掌的血肉
碰著運氣，挑戰它的尖銳如刃；

我總是期待他們是渾圓飽滿的，
但他們卻是沒有人擁有的適合。

難得擁有一個不太樂觀的下午，
訊息已讀不回，我在窗內等著大雨的表演
在從未移動的小島
擁有一個不太樂觀卻
熟練的沉默，與呼吸交談
交談著的沉默

人際行動基地台

很多事情是需要靈感的
例如，中午吃排骨便當，
炸雞薯條？或懷石料理
為晚上的先發打序提供靈感

不要笑罵，這是真的
我有朋友，花了大半輩子找靈感
為寫作找靈感
為聊天話題找靈感

為了沉默找靈感，他說
沉默是需要練習的
思念也是：需要靈感，
需要練習，需要一個姿勢
搜尋躲在深處的
訊號

受不了，於是他
升級所有的設備。
走到外面的曠野
收訊滿格，得意洋洋
卻依舊沒有任何一則來電

鼻子的愛意

你曾如此說過，
我有一個美麗的鼻子

往往在深夜，在一轉身
撞到一頭黑

我想起自己的嗅覺
想起陸地越來越薄
沿著海灣行走註定顛簸

更小心翼翼地呼吸，沉默地
呼吸沉默地閃神沉默地
沉默，在海邊的歲月。

你曾如此說過
我曾如此深信

你將冰塊放在杯裡的那一天
緩緩地燃燒，在一個和平的黃昏

日子笑掉自己的下巴

那次晚餐，我們聊到了憂傷
聊到，最近經常看見日子笑掉自己的下巴
我們也是。

我說，憂傷是一種顏色
再也沒有痛疼
所以上帝發明了光
讓再多的憂傷，能夠獲得寬恕

你說，最近有些夢是這樣的
你在床上吸菸
湖上飄滿了蠟燭
還有滿滿的相片
相片是滿滿的美味食物照
最大的憂傷是看得到，吃不到。

我說，那是一種憂傷
沒有憂傷在場的憂傷

你說，那不叫憂傷
至少看不見自己的老

我為此感動到淋漓，窮盡一生去荒唐至極
你說，隨口哭哭吧
最好是哭倒在路燈旁邊
讓夜晚笑掉自己的下巴

憂傷聊到我們，在那次晚餐
也是我們，我們什麼也不是

找個適合夢遊的姿勢

你的背影像一盞
燈，照亮出不曾存在的
我的背影像一扇
門，外頭暴雨狼藉

等天空一天天亮起，一次次暗去
閃爍的燈像你的背影
半開的門像我的背影
沒有誰不在，有沒有誰曾經存在

外面的天空一直活著，
就像每天都死去那樣。

談錢以前，我們先喝杯茶

等待雲裡搖旗吶喊的雨
於是我在井底把日子撈起
他們都曬到乾癟以後

等待雲裡搖旗吶喊的雨
沖滾之前，
將一尖乾癟的茶葉
輕輕放入井底

我總是思念著我想著的妳

當你面無表情地走過客廳
我想起自己特殊的才能
忘了帶傘的時候總是碰到下雨
像是敲著鍵盤，
說著若隱若現的花季，好像
手一拉以為就能把天空
折疊成一柄收起蝠翼的傘
帶傘的時候總是不下雨

我走進你走進我走進你走了之後
原來時光沒有躲在雲裡
從來都只如一首禱詞
敲在鍵盤上，
像一場凌晨該下不下的雨
靈魂踩遍了街，
漫流胸口的汗水

流經心上，夢在持續趕路

拾獲野生散步系學者

今天你將準備怎麼樣的故事
哄哄夢裡的鹿聽呢

聽說上次你開始學唱海中滿天星斗
卻把自己摔得滿步蹣跚，
天空的魚把你笑翻了肚
睡季也被笑得春寒料峭。

笑著哭除外。

聽說你把孤島的生活說得幽默
鹿很會說笑，但路
終究長在那裏，好比
長過野草遍野的腮頰

聽說，夢是一個專業的散步系學者
沿著熟悉的家裡飯菜香
帶我回到家，一家人始終在餐桌旁
等著聊著
彼此怎麼樣的故事，當然
夢是專業的散步系學者
一派幽默。

時光速拍

那年的冬天好冷，我們併在一起取暖
肩靠肩，眼裡都藏著鮮紅的火把
烤著魚，我們成為斜陽下的村落
駐紮在車廂裡，有時在一片黑裡
看見歲月無賊，時光的臉映在窗上
看見我的眉漩像是一種轉喻
想跟著你，吹過一夏的風——
穿髒的鞋子，踩破的笑開口
五指在地上跳舞

光在屋簷上跳舞
像躍動的魚那樣呼吸
笑開口、肩靠肩，格子裙，我們跳舞跳舞，然後
轉喻自己的生活，那樣的呼吸後來越磨越尖
像一個箭頭：讓我們併在一起
光一個格子就夠我們跳到老了

與你的夢

從打開門的那一刻，
一天開始了……

在夢裡的時候，聲音是靜止的
那是在島與島上
一種靜止的語言；
我們用背鰭交談
有光流過，過眼雲煙
偶爾天上蹦下透明色的音符

然後你與我
依然是無以名狀的
島與島，從打開門的那一刻開始

開始延遲所有的想像
像田田的天，每一畝的今天
像場定格的夢
而為了走下去繼續造夢

為了作夢，繼續明天而無以名狀地
走著一條路，找著一扇門
打開門，一天又一天地開始

一條接著一條路的走

偶爾從我們瞳孔裡蹦出的音符
像穿越夢裡熟睡的一束光
儘管那是會讓人感到安心的憂傷
有人終究會在那
只為等待可當作盛世光年的風景

邊緣癖

花了大半時光
找一個適合的睡姿、一張適合的床
還有一晚說長不長的的夢
為了說短不短的深夜
花了大半時光
滑著手機，關注不同的人生
卻忘了那顆已經蛀去很久的牙
找一個適合的診所、一張適合的床
夢與深夜或許可以放在一起

再邊緣，也能找到一個
自己的位置，和自己相遇

你說星期五的晚上，如果獨處

你說我該怎麼做
當我想起你的時候

如果時間像沒有尾巴的魚
我等會就把水裝滿整座浴室
讓客廳繼續播著，
湊著時間的鄉土劇，燈亮著
天暗的，在星期五的夜晚
獨處的房間像一道私密的傷口

對你的思念如疤，像沒有尾巴的時間
繼續在長夜漫漫的燈光裡
尋找自己的海洋

等待節日的前夕，像在站牌邊等著公車的學生

等待節日的前夕，像在站牌邊等著公車的學生
突然下起傾盆大雨
我只得拿起書包往頭上扛，
原來日子就是這樣被我們舉起的。
不斷伸頭——左顧、右盼
找到適合自己的號碼
然後在可能擁擠的人潮，
找到一條生命的出路

總是以為是沒有光的，也確實
總是這樣，像是等著公車的學生
一邊低頭讀著英文單字本；
一邊抬頭就怕錯過
適合自己的班次。
後來低頭有了新法術，
用手指畫一畫，就能知道公車什麼時候來
原來面對時間，可以如此從容地
等待節日的前夕，仍等著一個適合自己的號碼
在可能擁擠的人潮，總是這樣

被日子過的每一顆月亮

從今天開始要整理抽屜
想要找一個可以被遺忘的方式

要求被記憶是複雜的，
被丟棄是容易的，我以為的。

尤其在歷經被碰撞
成為杯緣上的缺痕之後，
像是在生日那天被告白：
朋友比情人更適合我們的關係

這樣我們能夠繼續讓彼此被維持

被相處的每一天，被遺忘是單純的

我以為的，從今天開始整理抽屜

在不時閃爍的訊息框裡

沒有什麼，而什麼都有

我慶幸能夠在自己的床上安穩睡著
這個世界的戰火不曾停歇
沒有人停止逃跑，面對飢餓的野獸
好吧，睡著其實跟醒著沒什麼不同
或許有天我能夠在泥土裡安穩睡著
用早已挖空的瞳孔，看著腐花殘肢
祈禱下次醒來的時候，沒有什麼
身上爬著的是上輩子的夢

我慶幸能夠在自己的床上再醒過來
好吧，有沒有記得其實沒有差
當我醒去的時候不用特別開燈
這個世界就是這樣子
不上不下，而什麼都有

住在書櫃裡的貓，與被飼養的我

我們很窮，只剩下愛
還有一隻眼睛的貓
腳步輕盈，似乎教導我
理解人生的方式——
跳上跳下，像第一次見到你的
印象，嘴裡的話撲通撲通的；
一江水的笑容就夠我
凝視這世界的美麗

時間與寂寞一樣重
有時昨晚的夢像冷冽的約會
突襲，讓人驚醒
豎起毛、弓起背
不留下太多足跡
只剩下愛
讓世界閱讀

喜樂知足

或許依然是過得不好也不壞
可能是慢慢老了
身上的年齡駝起背，彎下腰
看著新聞，跟著害怕越來越多的意外
什麼都惹不起了

我知道，這陣子梅雨季
天空始終沒有亮起來
窗外的天氣依然年久失修

日子依然過得不好也不壞
駝起背，彎下腰
用手拖著下巴，
把嘴角抬起來一些
沒什麼不好的

臨時起意的夢境

最近的夢境裡老是下雨
一個人被淋得狼狽，
就躲進路邊的便利商店

拿出口袋裡的白紙，想為喜歡的人
臨摹一首詩：為那些真心喜歡的日子
留下一些影子，等著天邊第一道光
喚醒這些會跳舞的影子

最近的日子裡，一個別人也沒有
除了每場日出之外；
每一場的喜歡，好像也沒有
沒有一個別人。

拿出那些以為會跳舞的日子
在夢境對面看到狼狽的你
被臨摹的第一支舞
在臨時起意的夜晚，
等著第一道光，比如
放晴

退稿信

今年的過年依然孤寂，電話始終沒有響過
我開始懷疑是不是訊號滿格都是眼睛業障
假的！只是步伐像夢，依然不是詩人

在除夕夜，親戚問的不再是交女朋友了沒
他們改問交朋友了沒，他們看我的眼神像遇到難解的數學
已讀不回。

誰說只是吃飯，這樣的深夜我越看越深
他們的問句也很深

我只好到走廊深處裡的房間
說的話也沒人聽，就放進罐頭
就把所有想寄的信寫得像時間深處裡的哲學
就讓對方擁有一個回信的機會

簡介

趙文豪，出版有靈異詩集《都ㄕˋ有鬼》（秀威出版）、論文集《典律的錨準：2005-2013 年三大報新詩獎研究》（文史哲出版）、傳記《這世界需要傻瓜：美力台灣 3D 行動電影車的誕生奇蹟》（圓神出版）。

1986 年的盛夏出生。喜歡詩，曾獲 2015 年全國優秀青年詩人獎。目前就讀於台灣師範大學博士班，在國北教語創系碩士班、銘傳大學應用中文系畢業。創作部分得過好詩大家寫、桃城文學獎、中興湖文學獎與時報文學獎等，入選 2013 年台灣詩選、入選台港文學選刊新生代詩人之一。論文發表於《台灣詩學》、《年度詩學》，並發表在「全國臺灣文學研究生學術研討會」等。

國家圖書館出版品預行編目（CIP）資料

遷居啟事 / 趙文豪著 . -- 初版 . --
新北市 : 斑馬線 , 2017.10
面； 公分
ISBN 978-986-95501-1-6(平裝)

851.486 106017465

遷居啟事

作　　者：趙文豪
主　　編：施榮華
封面設計：殺蟲劑

發 行 人：張仰賢
社　　長：許　赫
總　　監：林群盛
主　　編：施榮華
出 版 者：斑馬線文庫有限公司
法律顧問：林仟雯律師

斑馬線文庫
通訊地址：235 新北市中和景平路 268 號七樓之一
連絡電話：092254298

製版印刷：龍虎電腦排版股份有限公司
出版日期：2017 年 10 月初版
　　　　　2018 年 5 月 2 刷
I S B N：978-986-95501-1-6
定　　價：300 元